AF564329

Hommage de l'Auteur

SOUPIRAUX ET MEURTRIERES

POÈMES

Prix : fr. 10.—

MARIO MAZZOLANI

SOUPIRAUX ET MEURTRIÈRES

POÈMES

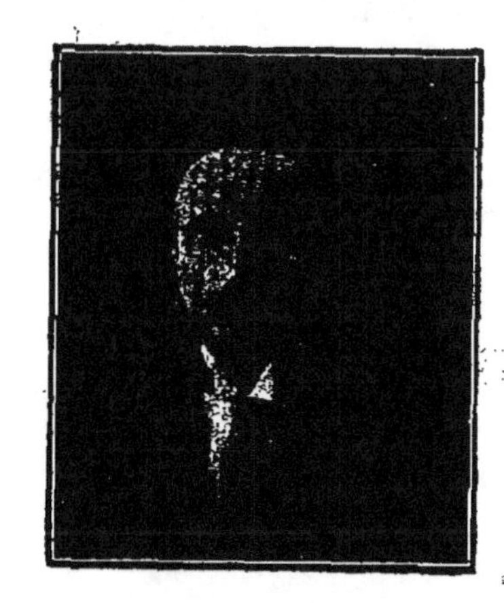

ÉDITIONS DE
LA RENAISSANCE D'OCCIDENT
BRUXELLES

MCMXXX

IMPRIMÉ EN BELGIQUE

DU MEME AUTEUR :

Un' ora nel Caos, Saggi critico-filosofici, Milano, Società Editrice Lombardia, 1899, in 16, 458 p.

Poemi, Milano, Società Editrice Lombarda, 1900, in-8°, 160 p.

Verginità, Nella Rivista *Per l'Arte*, Parma, 1900.

La Crisi della Coscienza, Conferenza, letta nella R. Università di Parma, alla *Famiglia artistica* di Milano, etc., 1900.

Per una moderna fisiologia dell' Arte, nella Rivista *Cyrano de Bergerac*, Roma, 1901.

Bruxelles, Studio, nella Rivista *Schifanoia*, Ferrara, 1911.

La Belgique évoquée, Bruxelles, Vromant et Cie, 1913, in-8°.

Canto di Nerone a Cassiopi di Corcira, Poemi minori e Glosa, Ferrara, Taddei-Soati, 1914.

INEDITS :

Estetica dell' assassinio (1901).

Mémoires autobiographiques (1910).

Dell' impronta italiana nella coltura anglo-sassone. (Deux conférences, 1926).

Le Rendez-vous. Nouvelle.

MARIO MAZZOLANI

SOUPIRAUX
ET
MEURTRIÈRES

POÈMES

ÉDITIONS DE
LA RENAISSANCE D'OCCIDENT
BRUXELLES

MCMXXX

IMPRIMÉ EN BELGIQUE

EPIGRAPHES

« Prostitués tous deux, la fille et le Poète,
...l'un et l'autre punis d'une atroce agonie,
chargés comme le Christ d'innombrables péchés,
renaîtront sous la Droite éternelle et bénie
du Maître qui voulut qu'aux croix d'ignominie
ses enfants les plus chers mourussent accrochés ».

PAUL BAY.

« O Poésie, ô toi, mon naturel secours,
ma seconde berceuse au sortir de l'enfance,
qui seras la dernière au dernier de mes jours ».

SULLY PRUDHOMME.

« Notre siècle de fer n'est pas tendre aux oiseaux.
Il arme, abat, détruit tout ce qui porte une aile».

JEAN d'ARMOR.

« L'Art de décrocher les lauriers
méprise les lentes victoires
et n'est su que d'aventuriers ».

CH. TH. FERET.

PRELUDE

O langue de Rostand, ô mystique maîtresse
Que convoita mon rêve à peine adolescent,
Et dont nul ne m'apprit le génie et l'accent
Sinon mon amour même et ma naïve ivresse ;

Clair axiome ou roseau souple du cœur, toi
Qui tient ce double prix de la Gaule et de Rome,
O langue de Montaigne et de Sully Prudhomme
Faite pour l'ineffable et l'exact à la fois,

Ma passion, hélas ! sur mon respect l'emporte
Et viole le temple où vibrent tes échos,
Indifférente au fouet qui chasse de l'enclos
L'intrus barbare et fait sur lui claquer la porte.

Seul ton courroux me fait peur... Mais d'un bond ardent
Tu te soustrais rieuse au baiser qui t'effleure
Narguant le fol espoir dont le Désir se leurre...
Amant inassouvi, je te presse pourtant...

Ainsi, sur une ligne au Rêve parallèle,
Nous déroulons notre fatal et vain conflit,
Toi, fleur farouche penchée au ru de l'oubli,
Moi, lierre par le cœur et papillon par l'aile.

❖ ❖ ❖ ❖

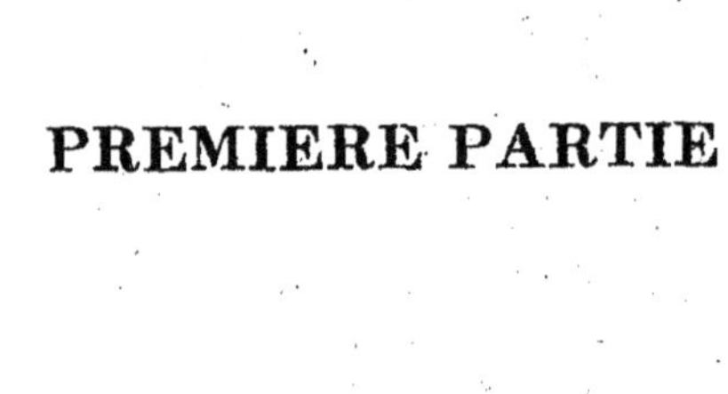

PREMIERE PARTIE

L'ART

(Ecrit sur un tapis à broder, à Lausanne, septembre 1909.)

L'Art est le plus sûr compagnon
Qui nous conforte dans la vie ;
C'est l'amitié sans jalousie
Qui, seule, ignore l'abandon.

Dans l'étroit chemin d'ici-bas
Où l'Amour souvent n'est qu'un leurre,
Que notre flamme intérieure
Eclaire constamment nos pas !

AMOUREUX

(Idyllé pour musique, texte allemand et chant par Joseph Seligmann ,de Tomsk. — Adaptation française.)

Les amants reposent
Dans le frais bosquet,
Les bouches mi-closes
Gardant leur secret.

O lèvres muettes
Dans l'espoir ému
Qu'un baiser guette
Imprévu !

Puis, le soir anime
De frissons le bois,
Remplissant l'abîme
Etoilé de voix,

Et répand un souple
Voile d'or tissé
Sur le beau couple
Enlacé...

❖❖❖❖

BRUXELLES

O ville de clarté, de vice et de paresse
Où la Forme enjôleuse émerveille et séduit,
Toi qui fouettes la joue au glabre et sec Ennui
Avec ton chant ailé de rire et de jeunesse,

Que l'enfant d'Albion assoiffé de richesse
Te dédaigne pour Londre au ciel maussade et gris,
Que l'intellectuel te préfère Paris,
Que l'Artiste fiévreux ait Rome pour maîtresse.

Moi, fils échevelé du beau pays latin,
Que tourmente la soif d'un paradis lointain,
Oh ! puissé-je sentir, bercé d'un dernier rêve,

Mon deuil endurci fondre en ta sénérité,
Et sur des reins cambrés cueillir par toi la sève
Triomphante de l'éternelle Volupté !

❖ ❖ ❖ ❖

MADRIGAL

(Sur l'air de *Madrigal* par Simonetti.)

I

Très loin, très haut, sur les sommets limpides
Où le ciel bleu peut seul nous regarder,
Je veux, mignonne, avec mes mains avides
De flamboyants genêts te couronner:
Car toute la beauté que l'on t'envie
Est pour la vie
A moi!

II

Si monts et vaux entravent nos élans,
De mon hautbois aux sons captivants
Mon âme ardente ira sécher tes pleurs,
Jusqu'au jour béni
Qui verra notre humble nid
Tout en fleurs.
Charme intense de l'amour
Qui nous enchaîne,
Ta coupe est pleine
Toujours !

III

Dans la fraîcheur des vastes solitudes
L'*Ave* du soir libère ses encens ;
Vois s'estomper l'éclat des pentes rudes
Et s'alanguir les roses au couchant...
Oh ! livre à cette paix
L'intime rêve
Qui ne s'achève
Jamais !

ANNIVERSAIRE

Cette corbeille aux tons harmonieux
  Qu'a peinte sur la soie une main fine,
Cette aquarelle à la senteur câline,
Ce ruban rose autour de noirs cheveux :

Telle est la triple offrande d'allégresse
Où délicat ton caprice s'est plu
Pour rappeler à ma vaine tendresse
Le charme de ce jour. — Soin superflu !

Car ton image épanouie en l'air,
Toujours présente où mon œil la convie,
Comme une fleur à quelque Eden ravie
D'un lent effluve imprègne mon désert,

Et triomphant des deuils et des misères
Qu'à l'horizon ourdit le Mal vainqueur,
Ce beau soleil de tes anniversaires
Chaque matin se lève sur mon cœur !

❖❖❖❖

20 AOUT 1914

Plus tard, si de ta vie au sommet triomphant
Peut monter l'idolâtre appel de ma vieillesse,
Apaisé, mais ému d'une chère tristesse,
Je te dirai : « Te souvient-il du jour qu'enfant,

Dans la fraîcheur du matin clair et sémillant
Où de la canicule hésitait la mollesse,
En route soi-disant pour aller à confesse,
Appuyée à mon bras, tu marchais en rêvant?

La Ville-sans-pareille en un frisson de fièvre
Tressaillant de l'été sous la caresse mièvre
Etirait douloureusement ses membres las,

Tandis qu'au ciel d'azur en larges arabesques,
Fourrier d'invasion, scandait un premier glas
Le morne ronflement des avions tudesques.

❖❖❖❖

ANTITHESE

J'aime ton nom ruthène où la vélaire avide
S'entremêle pâmée en longs roucoulements
Aux voyelles d 'azur et d'or, joyau limpide
Qui couronne d'éclats ton front de dix-sept ans.

Et sa beauté pourtant exotique m'offense
Quand sur ton charme intime épelé par mes vœux,
Ciseleur de la forme, il meurtrit la substance.
Pour toi, je rêve un nom sombre comme tes yeux.

Yeux flamands, désespoir de l'élan et du verbe,
Suspendus sur les miens par l'extase hantés,
Toujours, partout, me suit leur fixité superbe !
Et voici qu'au couchant par mes yeux projetés,

Lucioles d'ébène où mon désir s'allume,
Ils errent, estompant la magique lueur,
Dans ce grand parc désert où l'orage qui fume
Oblitère d'Avril l'indicible verdeur.

❖ ❖ ❖ ❖

VŒU

Je voudrais que tous les regards
Des yeux non méchants ni sévères
Qui se sont rencontrés sur terre
Se croisent un jour quelque part
Hors de la crainte et du mystère :

Regards discrets, longs et soyeux
De mélancoliques prunelles ;
Regards fuyants comme des ailes
D'alouette qui monte aux cieux,
Timides comme des gazelles ;

Ceux que les larmes ont mouillés,
Perles où la tendresse exquise
Du plus secret rayon s'irise ;
Ceux que les lèvres ont captés
Par un sourire qui les grise ;

Regards meurtris dans un élan
Qui tout convoite et rien n'espère,
Viol fictif qui s'exaspère ;
Regards de flamme enveloppant
Les contours d'une forme chère :

Ce jour, plongés dans la clarté
Des diaphanes abîmes,
Tous verraient leurs forces intimes
Se déployer en liberté,
Vibrer en des accords sublimes !

Ah ! seul ce retour de hasard
Pourrait me rendre ton caprice,
Enfant au corps frais et novice
Qui m'as ébloui d'un regard
Ivre d'idéal et de vice !

A DIEU

Dieu de ma Mère, foi de mon âme enfantine,
Qui s'égarait en de naïfs étonnements
Recherchant ton essence et tes linéaments
Par la vierge raison et la vive rétine,

Arrière la logique infâme et philistine
Qui te proclame juste au milieu des tourments
Et dans ces jours maudits d'affreux écrasements
Voit l'expiation que ton doigt nous destine !

Et pourtant, même au fond de ce terrestre enfer,
Si je croyais, ô Dieu, que ta droite de fer
Daigne accomplir parfois des gestes illogiques,

Je la remercierais adorant à genoux
D'avoir levé pour moi sur ces couchants tragiques
L'étoile d'un amour si profond et si doux!...

❖ ❖ ❖ ❖

PELERINAGE

Le seul pèlerinage où mon cœur solitaire
Cherche à guérir sa plaie en la mettant à nu
S'accomplit en ce coin sacré de cimetière
Où dort un être cher que je n'ai point connu.

Sans prendre garde au bruit lointain de la bataille,
J'abrite mes regards fatigués du réel
Sous les plis des rideaux dont la blancheur émaille
Le petit tabernacle au fond couleur de ciel.

Sur le coussin fleuri de dentelle, une image
Par le soleil empreinte au soleil rajeunit,
Et la colombe étale un fulgurant plumage
Au beau front de l'enfant levé vers l'Infini.

Un ange blanc dont l'aile s'ouvre et déjà tremble
Prête à guider l'élu parmi les astres d'or,
Proclame la bonté du Crucifix, qui semble
Impétrer le signal de l'invisible essor.

O toi qui par la mort à jamais pourras vivre,
Deux fois sauvé du mal, sur terre autant qu'aux cieux,
Toi que douait ce sang dont la douceur m'enivre
Et dont l'appel m'émeut comme un arrêt des dieux,

Ton sépulcre m'est cher plus que tout autre au monde,
Car je sens alentour, impalpable rideau,
Se tramer la présence idéale et profonde
Du cœur le plus aimable et du corps le plus beau.

Il point comme un reflet de choses éternelles
Au ciel que ma raison avait cru déblayer,
Et, n'ayant pas de lit pour les caresses frêles,
J'aspire à la fraîcheur d'un suprême oreiller...

Enfant, puisque tes yeux survivant à la cendre
Gardent la grâce héréditaire dont je meurs,
Et qu'ils attestent l'âme à la fois sage et tendre
Dans l'éblouissement ingénu du bonheur,

Je vais pencher vers elle, âme sœur qui m'exauce,
Le trop-plein de mes vœux que l'on refoule en vain,
Et, sans la profaner, enfouir dans ta fosse
Tout mon trésor d'amour incorruptible et saint !

❖ ❖ ❖ ❖

RENAISSANCE

Drapé comme un éphèbe ancien dans la chlamyde.
Sur un rocher abrupt le dernier fils de Faust
Porte aux dieux infernaux un effroyable toast
Qui fait fuir le Nuton et navre la Gnomide.

Mais par la claire nuit, au fond du val humide,
S'égrène en l'air joyeux un carillon d'Alost
Scandé par les pas lourds et rythmiques de l'ost
En un flottant éclat d'armes et de cnémides.

Sous les pavés heurtés tressaille le forum ;
Les frissons belliqueux du noble labarum
Exaltent la valeur qu'un fier élan centuple,

Et dans le ciel promis au jour saturnien
Par la victoire, l'ivresse pourpre et le stupre,
Plane un renouvelé songe apollonien !

❖❖❖❖

FLANERIE

Par ces après-midi de fin d'hiver moroses
Dont les couchants n'ont pas encor d'apothéoses
Je m'attarde flânant au loin dans la cité
Que dépeuple la guerre et mord la pauvreté.
Je hante ces quartiers étincelants et vastes,
Berceau de mon amour et palais de mes fastes,
Sur qui, raillant le ciel toujours froid et couvert,
La clarté qui m'embrase oscille éparse en l'air.
Et, franchissant parfois le seuil d'une taverne,
Rôdeur qu'un sûr instinct de beaux décors gouverne,
Je m'attable parmi les trumeaux flamboyants
Devant le thé qui fume aux vases chatoyants.
La taverne est discrète et spacieuse et vide.
Un long rideau de soie exclut le jour livide
Au delà du vitrail qui tinte à l'ouragan.

La chaude oisiveté du velours élégant
Où dans les rides meurt le reflet des appliques
S'allie au tendre éclat des carreaux céramiques
Vivifiés par l'art de printaniers frissons.
Une amoureuse idylle, en haut, plane aux caissons.
Par le rêve alangui, d'un œil creux de fantôme
Je regarde monter les vapeurs de l'arome
Et suis plus seul qu'un veuf au désert condamné.
Mais tout à coup (ô mon aimée, ô ma tendresse !)
Je te sens près de moi, — tremblant, halluciné,
Je vois sous mes baisers ta forme enchanteresse
Ebaucher comme un vol ce sourire ondoyant
Qui sur la lèvre éclos l'embaume en la mouillant.
Et c'est comme si nous allions presser ensemble
Le bord de cette coupe unique où perle et tremble
Le beau grain du désir longuement contenu,
Puis sortir tout joyeux à travers la tempête
Sous les haros chrétiens de la canaille honnête
Pour marcher d'un pas ferme au bonheur inconnu !

❖ ❖ ❖ ❖

L'INSAISISSABLE

Las d'entendre glousser la foule caqueteuse
En petits cris flatteurs tout le long du chemin,
Un jour je me suis dit : « Ta vie est-elle heureuse ?
Sonde cette eau rapide et fais-en l'examen.

De ton âme inquiète un vain soupir s'exhale.
Si ta plainte est sans but, est-elle aussi sans fond ?
Dans quel airain de la réalité vassale
Ton rêve n'a-t-il pas buriné son sillon ?

Vers le tourment sacré de ta jalouse enfance
Qu'assidue embrassait la Muse aux lèvres d'or
Se pencha de hauts fronts l'expectante indulgence
Et propice monta d'humbles âmes l'essor.

Mais, dédaignant l'appât de la stérile Gloire,
Tu choisis la Beauté pour idole et pour foi,
Et, comblé de ferveur, tu vis dans son ciboire
Se dédoubler ton âme et ton corps à la fois.

En tes humbles moyens, n'as-tu pas eu sur terre
Ce que nul or n'achète et nul comptoir ne vend?
Pour prix du fiel qui polluait ta coupe austère
Plus d'une fois tu trouvas l'amour en aimant.

N'as-tu pas vu, frustré des fleurs de ta jeunesse,
Par toi s'ouvrir deux calices d'amour remplis?
Et ne connais-tu pas l'affolante caresse
Des jeunes filles aux seins fermes et polis?

A toi l'air libre et frais des riantes campagnes
Où flottent les senteurs des moissons et du foin,
Les amples horizons aux sommets des montagnes,
La mer, les bleus éthers, les voyages au loin.

Pour tes regards, foyers de vœux hyperboliques,
Les luminaires sur les golfes arrondis,
L'éclat des odéons aux marbres pentéliques
Et des villes en rut les brûlants paradis.

Ton orgueil, affranchi de toute crainte vaine,
Après s'être posé sur le monde en vainqueur,
Devance à l'horizon l'éternité sereine
Par le pressentiment du repos rédempteur.

Cependant qu'attiré dans l'idéale orbite
Où, bleuissant, ton astre incline ses rayons,
Un petit cœur novice ému d'espoir palpite
Et sous la cendre allume un feu sûr et profond.

De quoi donc, triple ingrat, te plains-tu? Quelle dîme
Doit encor le hasard à l'heureux moissonneur? »
Alors, souffle égaré de l'insondable abîme,
Une voix murmura : « La paix, seul vrai bonheur ».

♣♣♣♣

SAULE PLEUREUR

à Giuseppe Agnelli.

Dans le parc Josaphat, à Schaerbeek-lez-Bruxelles,
Près d'un bassin médite un beau saule pleureur,
En travers du sentier inclinant sa douleur
Qu'une calme attitude à la fois sacre et cèle.

Du plumage hautain aux magiques ocelles
Sur ses branches, parfois, un paon ouvre l'ampleur ;
Sur l'eau qu'étame un gris d'ineffable pâleur
Des cygnes exilés glissent, noires nacelles.

Cependant que tordu sur un étai puissant
Le vieux tronc, par l'espoir d'un scion frémissant,
En dernier renouveau sent rajeunir sa fibre.

Tel l'arbre de mon âge au bord de l'avenir
S'épanouit en pleurs, mais nul surgeon n'y vibre,
Nul étai n'y soutient le poids du souvenir.

❖❖❖❖

APRES CAPORETTO

Or, parmi la cohue oisive qui bourdonne
Et les loups déguisés qui vont flairant l'étal,
Indigne à mon insu, je traînais l'âme atone,
Lorsque je découvris la source au jet vital.

Et devant moi soudain se dressa l'autochtone
Aïeul, de la Justice amant chaste et brutal,
Fléau du roi, vengeur de Dieu par la Madone
Au siècle où s'exaltait ton génie, ô Stendhal !

Du bois de Dante affreux jusqu'aux rochers magiques
De Monte Cristo, s'éveillant aux pas tragiques
Poussaient les vouloirs drus pareils aux chênes verts,

Et dans mon cœur purgé de toute idolâtrie,
Pour la première fois hostile à l'univers,
Croissait, ivre d'orgueil, l'enfant de la patrie !

2 novembre 1917.

❖❖❖❖

PAROLES D'UNE SŒUR

Pour marcher sous un pan de ciel
Dans l'étroit chemin de la vie,
Où pour la soif inassouvie
Le nectar même a goût de fiel;

Dans le bref sillon de nos pas
Pour mieux récolter ce qu'on sème,
Pour mieux conserver ce qu'on aime
De tout ce qui meurt ici-bas, —

Et pour verser sur nos erreurs
L'huile sainte de l'indulgence,
Oui, rien que pour cela, je pense,
Nous portons le doux nom de Sœurs.

❖❖❖❖

LE MIROIR DU FOU

Dans une tour d'ivoire au faîte d'un rocher
Qui surplombe la ville affreuse et haletante,
Captif de l'Idéal, souple au frein de l'attente,
Coule ses jours sans fièvre un austère étranger.

Vêtu de noirs haillons, il couche sur les dalles,
Se nourrissant d'eau dure et du pain qu'il pétrit,
Possédant pour tout meuble un miroir qui remplit
Un vieux cadre, témoin de splendeurs féodales.

Nul murmure au dedans n'éveille les échos,
Par l'opaque œil-de-bœuf nul rayon ne pénètre,
Mais un hôte muet, qui seul agrée au maître,
Voulut par ce miroir lui payer son écot.

Quelque vertu latente en la masse magique
Y fait naître les feux que réfléchit l'écran,
Et le rêveur, de l'aube au soir, en s'y mirant
Y contemple les traits d'un bonheur nostalgique.

Dans cette vision, philtre de l'infini,
Sans se lasser il puise et la joie et la force ;
Mais, dès qu'une éraflure en entame l'écorce,
Ou que l'éclat par la buée en est terni,

L'étranger, d'un seul geste inflexible et tranquille,
Brise sur les carreaux le féerique miroir,
Et les badauds bayant aux corneilles le soir
Voient tournoyer au vent ce plâtras inutile.

Dès lors, sphinx appauvri du rêve mensonger,
Dans le silence épais, dans l'obscurité pleine,
Il gît, sans mouvement et presque sans haleine,
Sentant son cœur et sa mémoire s'alléger,

Jusqu'à ce que, pour prix du stoïque dédain,
Le visiteur fatal retourne avec l'offrande
D'une glace toujours plus limpide et plus grande...
Mais tant d'orgueil va-t-il pas lasser le Destin?

❖❖❖❖

« ULTIMUM OTIUM-SUMMA FELICITAS »

Tous ceux qui m'ont aimé restent derrière moi.
Ils se pressent... Hélas ! sur eux j'ai trop d'avance.
Déjà, je vois les bords où fuit toute espérance...
Vieux d'âge ou vieux de cœur, la mort est mon seul droit.

Une mort grise, interminable, solitaire,
Dans la mansarde aux murs branlants, au toit pourri, —
Qui sait? sous l'arche d'un vieux pont du vieux Paris
Où la charogne épand ses relents délétères.

Dans le gouffre creusé par mon mépris d'airain,
Peut-être, au lieu du cri spectral de la chouette,
Sarcasme ultime, un vol précoce d'alouette
Emportera mon dernier râle en un refrain,

— A cette heure livide où le rôdeur s'éclipse,
Où, furtif, le coupable amant rase le mur,
Où du sinus profond de nos rêves obscurs
S'essore un rutilant poitrail d'apocalypse...

Grâce ineffable, ô Toi que j'invoque en tout lieu,
Idéal frais pour qui tout mon être se pâme,
Fais au dernier matin s'évanouir dans l'âme
Et mon horreur de l'Homme et ma haine de Dieu!

❖❖❖❖

DEUXIEME PARTIE

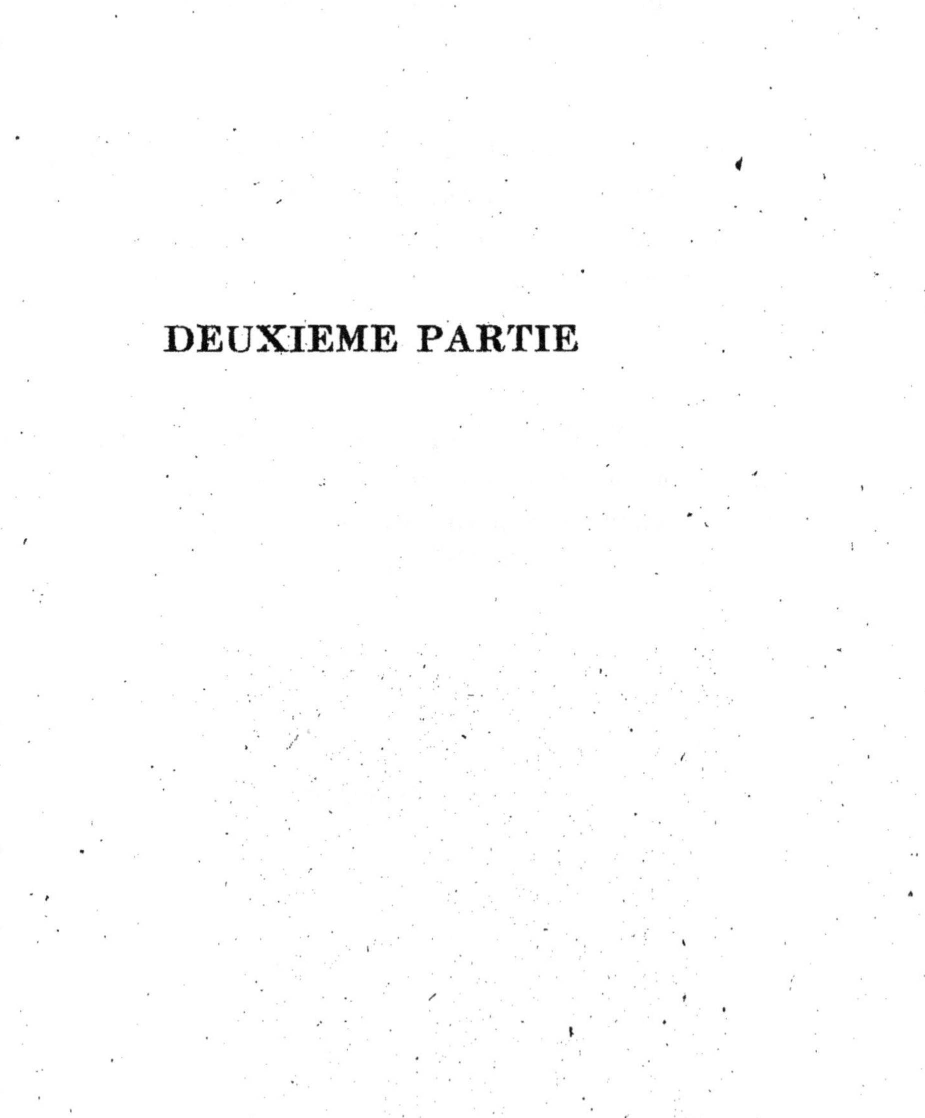

KEEPSAKE

Le grand seigneur du vers à la rime perlée,
Théophile Gautier, gardait dans un écrin,
Relique sans pareille, une larme roulée
D'un œil vierge de pleurs sur un bout de vélin.

Jaloux du Maître à l'art hautain que je révère,
Moi, poète chétif à l'essor impuissant,
J'ai, plus riche que lui, des cahiers d'écolière
Où la pudeur s'escrime avec l'amour naissant.

Il s'en exhale un cher parfum d'enfance heureuse,
Il y perle, ravi, l'étonnement d'Avril;
Parfois, entre deux mots à la gravité creuse,
Hésite un trouble infiniment frais et subtil.

Sur ces feuilles penché, fermant les yeux où passe
L'éclair d'un rêve, c'est ma douceur de pleurer
Soustraite dans le temps, lointaine dans l'espace,
Celle qui m'eût fait vivre et de qui je mourrai!

✤✤✤✤

LE MIRACLE

J'ai dans ma poche une médaille,
Une image près de mon lit :
Avec mon esprit qui les raille,
L'une et l'autre sont en conflit.

Mais le cœur jamais ne se lasse,
Malgré l'inflexible raison,
De les adorer, par la grâce
De Celle qui m'en a fait don.

Reliques d'un bonheur ultime,
Hélas ! que j'ai su repousser, —
Dans cet isolement sublime
Où mon amour va s'éclipser,

Par une farouche manie
Je les garderai près du cœur,
Viatique à mon agonie,
Saintes huiles de ma douleur...

Ce miracle que n'ont pu faire
Pour l'esprit de doute rempli
Ni mes angoisses ni ma Mère,
Des doigts d'enfant l'ont accompli !

NE DITES PAS...

Ne dites pas qu'il est froissé le blé
Et gaspillé le grain de ma tendresse !...
Dans un creuset de sublime détresse
Ma piété l'a dissous et brûlé

Pour que, soustrait à l'atteinte cynique
Ainsi qu'au choc de vulgaires faveurs,
Il s'exhalât avec l'âme des fleurs
Vers l'écrin bleu de mon ciel idyllique...

Il doit pourtant exister quelque part
Pour cet élan que ma fierté refoule
Des yeux profonds détournés de la foule,
Des cheveux d'or non blessants au regard ;

Il doit fleurir sur la lèvre mutine
Le mot trop doux que mon âme pressent,
Il doit s'ouvrir l'abîme éblouissant
Au creux divin d'une jeune poitrine.

Mais, héritier sacré d'un legs royal
De vision et de douceur immense,
Croyant du Beau par qui palpite et pense
La Volupté, mère de l'Idéal,

Je fis du cœur, au prix de deuils sans nombre,
Un bouclier à mon jaloux trésor,
Et mon orgueil dans un puissant essor
Le défendit contre la ruse et l'ombre.

Ne dites plus qu'il est froissé le blé
Et gaspillé le grain de ma tendresse !
Dans un creuset de sublime détresse
Ma piété l'a dissous et brûlé...

C'EST VOUS !

C'est Vous ! — mon clair instinct sonne le glas du doute,
Blasphémateur subtil des plus puissants appas — :
Vous, que je croise, hélas ! presque au bout de ma route,
Au moment où le sort en détourne vos pas.

C'est Vous, enfin ! Je reconnais la bien-aimée
Dont la grâce sans nom fut mon vrai sacrement,
Celle que j'adorai pressentie et non née ;
— Et je Vous dis cela tout naturellement.

Car c'est trop simple et vrai pour que l'emphase froisse
Par ses vains oripeaux sur un tremplin suspect
Cette fleur idéale, éclose de l'angoisse,
Dont tout mon cœur passionnément se repaît.

Oui, c'est Vous ! J'en atteste, au nom de ma foi sûre,
Votre impeccable forme aux radieux contours
Et l'ombre ardente de l'éparse chevelure,
Echelle du mystère, oreiller des Amours.

Oui, c'est Vous ! J'en atteste, alouette sonore,
La douce voix qui plane en un vol émouvant,
Et ce sourire, frais et beau comme l'aurore,
Qui perle épanoui sur vos lèvres d'enfant.

Par Vous mon Idéal vit, sent, respire et pense.
J'en garde au cœur la soif, mais la hantise aux yeux,
Et j'accepte soumis l'inflexible sentence
Qui fait de Vous mon astre éloigné dans les cieux.

De Vous je tiens la joie ultime et souveraine.
Mais, s'il reste en mon œil, que l'Emoi sonde en vain,
De moi-même ignorée, une larme sereine
— La plus suave —, elle est à Vous de droit divin !

❖ ❖ ❖ ❖

DIPTYQUE PARNASSIEN

Votre beau nom de Danielle
au temple serein de l'esprit,
invocation solennelle,
rayonne, en lettres d'or inscrit ;

et chaque syllabe sonore
tressaillant dans le pur métal
acclame une splendide aurore
à l'horizon de l'Idéal !

Le nom jumeau, tendre et mystique,
borne une oasis de blancheur ;
l'ombre d'un saule romantique
en garde à jamais la fraîcheur.

Et, lorsque à l'oreille il résonne,
accent par le soupir scandé,
le voile aérien frissonne,
d'une pâle extase obsédé...

Ainsi votre étoile, qui trace
dans l'âme un infini sillon,
splendeur alliée à la grâce,
dédouble l'intime rayon,

par sa clarté vive et subtile
versant l'or et l'azur du ciel
aux yeux que navre la stérile
soif d'un paradis irréel.

❖❖❖❖

EN RÊVE

« But still through strife of time and thought
your light on me too fell...
To bid you were to bid the light
farewell. »

A. C. Swinburne.

En vain la voix de l'Art austère,
de la Raison ou du Mystère,
l'étroit Clos ou l'immense Terre
presque en courroux
me sollicite ou me réclame :
par la foi désarmant le blâme,
pilote ivre d'azur, mon âme
cingle vers VOUS.

Contre la nef au clair sillage
la vague déchaînant sa rage
flagelle en un fracas sauvage
le garde-fou ;
mais, tel dans votre mer normande
un vieux routier de la légende,
il n'est assaut que j'appréhende,
béni de VOUS.

Rien d'humain, hélas ! n'est durable ;
l'amour lui-même est une fable
qu'écrit sur le flot et le sable
l'instinct jaloux ;
et cependant, il me faut croire
que, seul, le doute est dérisoire,
si mon âme dans la nuit noire
chante pour VOUS.

Ah ! la couronne de Poète
que mon suprême orgueil souhaite,
ce sont vos bras ceignant ma tête
fermes et doux...
Vainqueur sans conflit ni massacre,
j'aurais pour nimbe de mon sacre
ces rubis roses dans la nacre
sertis par VOUS.

Je sais combien est puérile
la passion du cœur fragile
lorsque le front, trop lourd, vacille
aux rudes coups
du Temps et de la Destinée...
Qu'importe ? La mystique allée,
plus douce d'être un peu fanée,
s'étend vers VOUS...

J'aborde à la plage sereine.
Perlé d'aigail, le vert troène
comme une harpe éolienne
en rythme doux
palpite au souffle de la brise...
Enfant, si l'amour qui me grise
voulait concréter sa hantise,
viendriez-VOUS?

Les fleurs, dans une extase atone,
corolles moites, s'abandonnent
aux fuyants baisers où bourdonne
l'essaim jaloux...
Oh! que tous vos cheveux ruissellent
sur cette joie exquise et frêle,
car nul hôte n'est digne d'elle
si ce n'est VOUS!

Chargé de haine par le monde,
mon œil redevient doux, et sonde
un lointain de bonté profonde...
Si, tout à coup,
au gré de quelque force étrange,
sans espérer l'absurde échange
j'osais tendre la main à l'ange...
pâliriez-VOUS?

Par ma foi longuement hantée,
mon désir vous a respectée.
Si l'âme, désormais courbée
sous un vrai joug,
récusait ce serment suprême
que je me suis dicté moi-même
tremblant pour mon vivant poème...,
pleureriez-VOUS?

Et, si jamais le sort inique
payait (ô caprice féerique!)
d'un retour de jeunesse épique
ce qui m'est dû
— tout en voilant d'une ombre épaisse
le fier éclat de la déesse —,
alors, si j'offrais ma caresse...,
sourirais-TU?

EXTRAITS DES « LETTRES A ELIANE »

I

Déjà ta gorge drue en rythme se soulève,
par ma chaude contrainte asservie au désir ;
dans tes yeux blancs l'iris noie un pâle saphir ;
pour ta lèvre ma lèvre aiguise un fil de glaive...

La Vie au clos d'Amour guette le fruit du Rêve,
qui, sous sa gaule, doit tomber ou s'entr'ouvrir,
et son geste n'a plus qu'un choix à nous offrir :
le bonheur sans durée ou le regret sans trêve.

Crains à nos bords déserts le stérile reflux
de ce qui pouvait être et qui ne sera plus !
Crains la Gorgone, effroi tardif des jours où tinte

dans le gouffre du cœur par le remords creusé,
comme un défi narquois du Bonheur méprisé,
l'inéluctable appel à l'impossible étreinte !

II

Piété sur l'âpre roc où ma peine a gravi
traînant comme une croix ma conscience haute,
j'inflige un blâme égal pour une même faute
au libertin aveugle, à l'amoureux transi.

Esclave de la chair qui stérile sursaute
sous le fouet de l'instinct toujours inassouvi
ou renégat poltron de l'univers, son hôte,
l'amour sans dignité n'est qu'un joug sans merci.

Mais nous, dans l'élan même asservis au scrupule,
pesant le double apport sur la juste bascule,
voulons que notre amour ribaud soit conscient.

Ta corolle qui s'offre heureuse au plus beau rite
reçoit le divin prix que, seule, elle mérite :
un peu de ma pensée en un peu de mon sang.

III

Fi de la rime alterne et riche !
du moule impeccable
où se fige l'orgueil, où le cœur triche
froid et misérable !

Tu es, dans le mètre des jours
cruel et précis,
l'hiatus fait de moire et de velours
où le bonheur luit.

Tu es ma douceur. Je t'ai vue
flotter dans mon rêve
comme la transparence d'une nue
plane sur la grève.

Au ciel par ma ferveur hanté
ce timbre d'or fin,
frisson paradisiaque, a tinté
dans le clair matin.

Or, ton souris léger s'égrène
au creux de la lèvre,
glissant comme la césure incertaine
sur ma lyre mièvre.

Le subtil reflet des cheveux
nuancés d'azur
éclaire à peine, mirage onduleux,
l'horizon obscur.

Et ta main immatérielle
sous un dais fantasque
semble allumer d'un geste vague et frêle
l'aurore des astres.

L'heure est douce. La véranda
s'emplit de parfums.
Sons et bruits dans le vaste nirvâna
meurent, un à un...

Viens, approche, grâce mutine :
penche caressante
sur mon front las ta joue enfantine
de sœur et d'amante.

IV

Viens, nous allons errer où le hasard des routes
conduira nos pas nonchalamment accouplés,
au gré du sol, du vent, des voix que l'âme écoute
et du rêve frôlant nos muscles allégés.

Viens, nu-tête, l'écharpe à ton épaule blanche,
la sandale nouée au pied de marbre pur :
tous nos sens ingénus célèbrent leur revanche
sur l'oiseuse vertu sans aile et sans azur !

Abandonnant au rut d'une plèbe en liesse
du jazz et de l'écran la stupide hideur
et la piste où se rue, avide de prouesses,
la sotte engeance qu'horripile la lenteur,

nous irons loin, bien loin du bruit et des machines,
obsession du siècle abominable et fou...
Que le fluide émoi se joue en nos poitrines,
tel au creux des roseaux le vent sonore et doux !

Vers le frais inconnu tendons nos lassitudes
laborieuses pour nous en mieux délasser !
Quelque invisible essaim, hôte des solitudes,
butinera la fleur de nos cours enlacés,

cependant que le plus subtil de nos essences,
ivre d'avoir sondé les routes de l'éther,
en refluant accru d'exquises résonances
distillera pour nous l'esprit de l'Univers.

CRITIQUE

Comment ai-je donc pu, Nature souveraine,
presque achever mon rôle en ton drame éternel
avant que m'éblouît d'une clarté soudaine
ton prodige le plus splendide et solennel?

Hélas! ma piété de gratitude pleine
aura brûlé son meilleur baume à ton autel
et longtemps vu ta force impassible et sereine
s'iriser sur la terre en des reflets de ciel

sans concevoir qu'amour, pensée, extase, et même
la bonté qu'on bénit et la beauté qu'on aime
ne seraient qu'un fragile et décevant trésor,

si dans la créature à la mort asservie
tu ne déposais pas — en lui donnant l'essor —
le merveilleux pouvoir de transmettre la Vie !

♣♣♣♣

1 MARS 1924

WIESBADEN

Vous que seul a scrutée et qu'absout à jamais
Le généreux instinct de ma race latine,
Figure de Schiller que Byron reconnaît,
Et dont Wagner eût fait sa plus haute héroïne,
O véritable Yseult du dernier Age élu,
Que les cours reniaient, hormis la Cour sereine,
Digne de votre choix loyal et résolu,
Où parmi les plus grands esprits vous fûtes reine,
Gloire à vos yeux mouillés des pleurs les plus humains,
Gloire à vos beaux cheveux froissés dans la détresse
Ultime — sous l'affront des goujats faux chrétiens —
Par ce chevet qui connut toutes les tendresses,
Puis, tous les abandons d'un tragique destin !

Salut, pour la première ineffable souffrance
Et pour vos dix-sept ans sombrement outragés,
Vous qui sûtes aimer et pleurer sans défense
Sous le dard assidu de lâches préjugés !
Vous qui, fille de rois, fûtes l'humble servante
Du Maître qu'on bénit surtout lorsqu'il tourmente.
Et, martyre, avec lui mourûtes d'idéal
Au matin de ce siècle ivre de carnaval !

O dans un même élan dévouée et rebelle
Dame au cœur magnanime, au sang vraiment royal,
Que pour vous ma louange en un rythme féal
Fasse mentir l'arrêt de la funèbre pelle !
Puisque je suis poète et que vous fûtes belle,
Sur la fosse déserte où tout spasme s'endort,
Où sombra tout haro de l'immonde cohue,
Que mon vers retentisse, et qu'en vous il salue
La Princesse aux cheveux immortellement d'or !

❖ ❖ ❖ ❖

A J.... d'A.....

Violoniste.

Ainsi, je vous revois, inopiné bonheur !
Après les ans de la débâcle,
Vous que sur mon chemin d'esthète et de rêveur
Suscita jadis le Miracle.

Je vous revois, toujours éprise d'art, déjà
Grande et pourtant si jeune encore !
J'épelle votre nom, qui, proféré tout bas,
N'est qu'une caresse sonore.

Et j'évoque aussitôt du fond des cieux pâlis
L'image de l'Adolescente
Dont les yeux étoilaient (ô merveille !) la nuit
D'une chevelure opulente,

— Ou, scellés par l'extase, au bercement des sons
Savouraient l'intime lumière,
Tandis que, modulant aux vagues des frissons
Leur grâce à la fois souple et fière,

Les classiques accords des beaux membres hantés
Par d'étranges frôlements d'aile
Scandaient pour le regard les sonores clartés
De l'instrument puissant et frêle.

Dès lors, j'ai fiancé pour l'éternel hymen,
En secret, mon âme à votre âme,
Dans un monde où la main ne cherche pas la main,
Où la flamme accourt à la flamme...

Ah ! mes yeux désormais ne vous reverront plus.
Je ne puis espérer la grâce
D'être encore une fois béni. Même aux élus
Dieu montre rarement sa face,

Et, s'il me rend par vous de l'idéal soleil,
Après tant d'ombre, à peine une heure,
C'est pour que dans l'émoi de ce divin réveil
A ma lèvre son nom affleure.

« AU NOM DU PERE ET DU SAINT ESPRIT »

Les Maîtres mes aînés dont le ciseau sans brèche
a travaillé l'onix, le marbre et le métal,
ou dont le verbe rare allait, exquise flèche,
tâter, sans la fêler, l'image de cristal ;
ceux qui, par l'air ému captant de la pensée
l'essence, l'épandaient sonore et cadencée,
ou qui consolidaient le rêve intérieur
en alliant, divins, la ligne à la couleur :
ouvriers affranchis en marche vers les cimes,
prodiguant autour d'eux l'or immatériel
écroui, parfilé dans leurs cerveaux sublimes,
par de rudes chemins, tous, s'efforçaient au ciel.

Ils assoyaient les durs frontons de leurs bastides,
grâce au relief de leurs images accompli,
sur le torse puissant de ces cariatides
dont la tunique était drapée à larges plis.
L'enthousiasme saint aux voiles de leur âme
prêtait, en les enflant, un pourpre éclat de flamme,
et, flottille de nefs, leurs rêves généreux
laissaient en un sillon stellaire derrière eux,
comme les poupes d'or des navires mythiques,
des éblouissements éternels et mystiques.
Aujourd'hui, des cadets à l'œil désenchanté
dont le cerne n'accuse aucune volupté,
traîne-pieds aux abois, petits crevés de lettres,
pitres, pantins, rapins, brouillons et petits-maîtres,
rués au stadium, embusqués dans le « bar »,
glabres comme Néron, blêmes comme Escobar,
promènent éhontés leur Muse contractile,
et pour l'or et les croix agitent la sébile.
Le nébuleux fortuit de leurs sensations
désarticule infiniment les rêves drôles,
par l'instinct culbuteur essaimés sans contrôle,
qui, ne posant rien en exergue à l'action,
escamotent naïfs le valétudinaire
son de leurs cloches par des éclats de tonnerre.
Prosterne-toi, troupeau ! Pinacles d'agora,
inclinez-vous ! Ce sont les « modernes ». Hourra !

Eh quoi?... Foin de ces coqs donneurs de renommée
dont l'hymne traînerait, comme eux, du plomb dans l'aile!
Révérant des aïeux la pensée ordonnée,
à leur génie altier jalousement fidèle,
ô mon siècle, je veux, par le Père et l'Esprit,
sur ta trogne en mourant cracher mon fier mépris!

❖❖❖❖

« IN PULVEREM REVERTERIS »

Moi, juge qui brandis, tranchants comme des sabres,
les arrêts sans appel d'un droit seigneurial,
j'aime à me châtier par des pensers macabres,
tel un sire caduc du noir Escurial.

A jamais préservé des langueurs romantiques,
mon rêve fuit du vain espoir l'obsession,
et parfois anticipe, en un vol fatidique,
sur l'heure proche de ma dissolution,

lorsque je serai mort, tel un héros en guerre,
de mon jeune idéal embrassant le drapeau,
et que, sans battements, devra fondre en la bière
mon cœur blet sous la dalle oblongue du tombeau.

Ce jour, dès qu'emportant les deuils de pacotille
dans les caparaçons couleur de caviar,
plus francs que l'homme, vers la crèche qui pétille
trotteront les chevaux du vide corbillard,

— à peine évanoui le sot bruit de crécelle
que fait la parénèse au style boursouflé —,
si jamais aux replis de ma vieille escarcelle
on a trouvé de l'or par mégarde oublié,

on me donnera pour voisin un faux compère
affreusement bourgeois, au crâne de hibou,
galant homme à la politesse meurtrière,
décoré trafiquant et mafflu grippe-sou,

ou quelque digne femme aux doigts chargés de bagues,
quelque édenté bas-bleu suant ainsi qu'un tronc
de baobab, au corps bouffi comme une vague,
ribaude nidoreuse et franche laideron.

Que, si Plutus revêche a trop boudé ma bourse,
on m'étendra peut-être à côté d'un goujat
à l'âme ingrate et violente, au cœur de bouse,
brute dont la cervelle en l'alcool naufragea.

Non, Seigneur juste, ah non! — Si, d'avoir sur ma route
pour tes moindres bienfaits plié mes deux genoux
et deviné ton signe au fort de la déroute
où la croix de victoire est invisible aux doux,

de toi j'ose espérer une faveur suprême, —
lorsque le temps pour moi n'aura plus d'yeux vairons,
ne souffre point que la forme insulte à qui l'aime,
et qu'il me vienne encor de l'homme cet affront!

S'il doit sur le rictus exsangue de ma face
l'hiatus convulsé d'autres lèvres raidir
pour que la faim du ver, de la mouche vorace,
des taupes et des rats se puisse mieux gaudir,

s'il doit dans mon orbite où le serpent se love,
crever poisseux d'une autre orbite le phlegmon,
ou se coller à ma poitrine un sein en ove,
à mon crâne pelé des débris de toison,

que ce soit par la chair et par la fine mousse
d'une nouvelle adolescente aux cils soyeux,
dont la lèvre mordant au fruit qu'elle repousse
m'eût pu faire ici-bas un éphémère dieu,

— d'une alerte beauté, sœur mortelle de l'ange
que Rolla, sous des marronniers virgiliens,
enviait à Teniers, épelant sa louange
au silence flamand des yeux céruléens !

Seigneur, choisis-la-moi de langueur amoureuse
consumée ou d'un rêve ardent, en l'âge vert
de Juliette, où l'âme est encor généreuse,
où, primesautier, le cœur bat à découvert, —

afin que, côte à côte, affranchis du mystère,
pénétrés peu à peu par nos lits exigus,
nous mêlions aux ferments augustes de la terre,
elle, l'espoir brisé, moi, l'idéal vaincu.

❖ ❖ ❖ ❖

SALUTATIONS A L'AURORE

(Adapté de l'italien par Marie Krysinska.)
(N:B. — Le texte original a paru, en première édition, dans le recueil de vers « La Via Trita », Milan, 1898.)

I

L'HUMILIE

Pourquoi, je ne le sais ; mais ta main pèse sur ma tête.
Je sens parfois, à travers mon âme muette,
Ce poids silencieux
Qui tombe.

Pourquoi, je ne le sais :
Mais je sens ta Main alourdie
Sur mes paupières vers le sol baissées,
Je vois ton Ombre immobile parmi
Mon ombre.

Qu'intégralement, Seigneur, ton pouvoir s'accomplisse!
La Créature acceptera la souffrance, soit qu'heureuse
Tu l'accueilles quelque jour, ou qu'en ses espoirs
Tu l'anéantisses.

Elle, ta fille, aujourd'hui et pour jamais
Baisse ses regards résignés,
Incline son front
Exempt de tout soupçon,
De toute audace contre tes
Décrets.

Et même à bout de voix
Elle appelle encor sa douleur accoutumée,
La douleur que la Destinée
Lui doit.

II

LE FIER DE VIVRE

Ave, Seigneur! Puisqu'avec ton souffle éternel
Il t'a plu d'animer l'argile
Et qu'ainsi j'ai surgi — par ton ordre formel —
Dominateur sur la terre fertile;

Sois béni pour ces millions de lustres brillants
Qu'au ciel tu suspendis pour illuminer
La route où j'avance, pèlerin confiant,
Vers ta clarté ;

Pour les courants des fleuves charriant
La fraîcheur et la santé,
Pour les ultimes neiges des monts,
Pour cette Nature où ton soleil flamboyant
Darde ses rayons ;

Et aussi pour cette aube langoureuse
Aux tons de crocus, aube en fête,
Annonciatrice de joie, mère des violettes,
Sois béni, Dieu qui fis l'amour immortel !
Ave ! Maître universel !

III

LE REVOLTE

Sois maudit, Dieu, pour cette vie,
Caprice inique et décevant
Que tu dégageas du Néant ;

Sois maudit pour l'ironie
De cette aube porteuse, insoucieuse,
Du souci !

Sois maudit, pour mes frères forcenés
Que tu déchaînes, cohue hurlante
Et livide,
Courbés sous la douleur et le travail aride ;
Pour les fronts de jeunesse fleuris
Par ta haine anéantis,
Pour les lits veufs des époux désunis
Et les berceaux devenus vides,

Pour les champs où l'homme épuisé
Engraisse le sillon vil et rebellé ;

Pour moi qu'opprime ton pouvoir malfaisant,
Pour moi-même :
A cause de mon cœur souffrant
Que force à battre un sort ennemi,
A cause de ce cœur de rancune rempli
Qui te blasphème,
Sois maudit !

IV

L'AFFRANCHI

O pensée humaine, loi de la vie,
Sœur jumelle de l'univers,
Toi, contenue dans l'Infini, un et divers,
Salut !

Aussi, Nature, puisqu'en cette aube ravie
Devant moi tu parais éclairant cette vie
Aux lois qui sont pareilles pour les espaces constellés
Et pour le ver de terre en son réduit celé ;

Puisque je ne crains pas d'ouvrir tout grand ton livre,
Puisque j'ose, attentif, y déchiffrer tes signes,
Et puisque j'ai refréné le vol vagabond de ma pensée
Sur toi désormais reposée :

Nature ! — au fond de mon cœur qui bat apaisé,
Au nom de mon génie qui ordonne et qui crée.
Avec mes lèvres éprises de vérité —
Je te sépare de l'idée
D'un Dieu.

❖ ❖ ❖ ❖

PROMESSE D'HUMILITE

« Je ne veux plus rien de ceux-là
qu'il faut appeler mes semblables.
Monde haineux, peureux et plat,
nos lois n'ont pas les mêmes tables. »
Lucie Delarue-Mardrus.

Poète ou Sage, vous qu'aidera la mystique
Faveur d'un dieu clément à trouver, le premier,
Ce que le saint flambeau du Vagabond cynique,
Notre idéal ancêtre, a vainement cherché,
Par vous seul mon dédain sera mortifié.

Vous qui pourrez surprendre un reflet de l'étoile
De Justice parmi le sombre enfer humain
Ou rencontrer deux yeux sans reproche ni voile
Dont le regard loyal est de franchise empreint,
Mon fier scrupule par vous seul s'avouera vain.

Vous qui verrez enfin le miracle d'une âme
Non ingrate au bienfait, indulgente à l'espoir,
Sachant récompenser d'une éternelle flamme
Le dévouement d'une heure ou l'extase d'un soir,
Ma haine laissera son dard à vos pieds choir.

Et vous, heureux enfant d'une race nouvelle
Que le rêve projette en la réalité,
Vous, promis à l'Eden où doit paraître Celle
Dont l'amour est sans deuil et non sans dignité,
Guéri de mon sublime ennui, je vous suivrai.

❖❖❖❖

CONCORDANCES

à Marie-Henriette Declercq.

Qu'est-ce qu'un seul Réel dans le Possible immense?
Qu'est-ce qu'un astre, atome au sein du firmament?
Le point de l'Infini qu'on choisit et qu'on pense
Vaut-il moins que l'Amour, qui nous tue ou nous ment?

Mais il suffit d'un fait pour que la certitude
A l'esprit inquiet révèle sa saveur,
Et l'étoile sondant la froide solitude
Eclaire le chemin vers la Crèche aux rêveurs.

L'imperceptible point engendre la figure
D'où jaillit la clarté des preuves et des lois,
Et c'est par lui que d'un levier la force sûre
Peut déplacer un monde en un tranquille exploit.

Tel, ce rien pour qui l'homme, environné d'alarmes,
Roule de roc en ronce et de peine en effort,
Cet éclair embrasant un ciel brumeux de larmes,
Ce mirage où la Vie est l'écran de la Mort,

La passion d'Amour, au cœur que l'ennui blase
Tout en dictant de Faust l'impie et triste vœu,
L'entraîne vers le faîte où l'effroi de l'extase
Doit lui faire soudain sentir et trouver Dieu.

❖ ❖ ❖ ❖

TROISIEME PARTIE

« Sa grâce ne mourra jamais

dans mes yeux qu'avec la lumière. »

CONTE DE FEES

A la mémoire illustre de mon grand ami
CHARLES-THEOPHILE FERET

Où se passait cela qui me parut un rêve
Et qui, peut-être, fut une réalité?
Quelle lune au cadran marqua cette heure brève,
Bonheur plus précieux que l'immortalité?

C'était, je m'en souviens, au cœur de quelque plaine
Terne, portant un deuil d'innombrables tombeaux,
Dans une cité neuve, écho d'une âme ancienne,
Dont le nom bref claquait en l'air comme un drapeau.

Sous l'œil clair de la nuit tiède et voluptueuse
S'assoupissait la rue en un bain de vermeil,
Et des pignons muets l'ombre inerte, rêveuse,
Semblait couver la molle paix de ce sommeil.

Or, je crois que, devant l'énigme d'une porte
Sombre et close, longtemps je demeurai béat,
Heureux si je pouvais m'épuiser de la sorte
Et fondre avec la nuit au sein du nirvâna...

Soudain, par la vertu magique d'un oracle,
L'huis tourna. Quel prodige alors ravit mes yeux !
Non pas une maison, c'était un tabernacle
Où le regard cherchait instinctivement Dieu.

Et c'était l'Idéal de ma fière jeunesse
Enfin réalisé dans la pierre et le bois,
Le merveilleux écrin de l'intime richesse,
Récompense à ma sûre et patiente foi !

Ici je ne sais plus si je rêve ou blasphème,
Mais j'ai vu — comme en une hallucination —
Dans ce cadre empreint d'une beauté suprême
Parer l'autel d'une sublime passion

Et, parmi les reflets des vitraux et des vases,
Une coupe fumer, dont les vapeurs d'encens
Enveloppaient, au souffle irisé de l'extase,
Quelque impassible Idole aux yeux bleus, aux bras blancs.

CHARME

Ma gerbe est faite, mon voyage touche au terme,
Et par l'âge mon front est de gris encadré ;
Si l'œil est encor vif, si la démarche est ferme,
Mes pas n'ont plus de but, mon regard est blasé.

Dans l'univers entier plus rien ne me délasse,
Je n'aperçois partout que des rictus affreux,
Et mon arrêt impie exclut le droit de grâce
En statuant la mort par le fer et le feu.

Mais une enfant paraît, et tout se transfigure.
Prisonnier de son souffle, un bras vengeur fléchit.
On dirait que sa voix apaise la nature,
Que son sourire éclaire et que son œil bénit.

Il faut que sans l'atteindre à jamais je la suive,
Que mon dernier baiser toujours la guette en vain,
Que tout mon être s'en abstienne, et qu'il en vive...
Ne serait-ce pas fou, si ce n'était divin?

♣♣♣♣

POUR UNE BELLE ENFANT

J'ai, sous un ciel nacré,
Maintes fois contemplé
Au beau pays que hante
Ma fantaisie errante
Une fleur sans égale
Sur sa tige debout,
Enivrante, idéale
Et fraîche comme vous.

Cette rose aux tons clairs
Met de la joie en l'air
En prodiguant sans cesse
Sa fluide caresse,
Et, corolle tremblante,
Abrite, comme vous,
Une prunelle ardente
A l'éclat ferme et doux.

Cependant que, discret,
Son feu le plus secret
Atteste la présence
De la plus noble essence,
Et que sa grâce aimable
En fait, contre mon gré,
Un clos inviolable
Et, tel que vous, sacré.

Car, au jardin des fleurs
Comme au jardin des cœurs,
Les roses les plus belles,
O mignonne, sont celles
Que le désir réclame
En adorant, tout bas,
Dont il aspire l'âme...,
Et qu'il ne cueille pas.

❖ ❖ ❖ ❖

EN RELISANT «LES CHATIMENTS»

Le plus haut attentat que puisse faire un homme»
Sous la voûte sereine, impassible du ciel,
« C'est de lier la France ou de garrotter Rome ».
S'il faut en croire, Hugo, ton oracle immortel!

O Maître, accusateur de toute tyrannie,
Champion du libre essor de l'idéal humain,
Toi, dieu de nos aïeux qui vouaient au génie
L'élan de leur esprit vaste, limpide et sain,

N'as-tu donc pas songé qu'il est sur cette terre
Un plus lâche attentat, un crime plus hideux
Que d'éteindre par la traîtrise et par la guerre
De l'Art et du Progrès les foyers radieux?

Oui, le trésor qu'abrite en ses flancs l'arche auguste
Où puisent leur salut la race et la cité,
C'est le triple idéal du Vrai, du Beau, du Juste,
Soleil, sève et ciment de la société.

Poète, mais plus vrai que ce tangible monde
Où halette l'effort des générations,
Il en est un, sublime, où tu plongeas ta sonde,
Où Cosette soupire et sanglote Manon :

Le monde intérieur, seul en qui Dieu s'atteste,
Que sa voix seule ébranle et met en mouvement
— Astre silencieux, prompt et docile au geste
Qui lui dicte l'espoir tout en l'orientant.

L'homme qui, sacrilège, en pénètre et viole
La candeur cristalline ou, comme un vil gluau,
L'entrave et le retient hors de la parabole,
Celui-là seul commet le crime le plus haut.

Ce crime, qu'oublia ta foudre vengeresse,
C'est d'arracher la plante ou de froisser la fleur
A peine née au point du jour de la tendresse
Dans cet enclos divin qu'est un tout jeune cœur.

LEVRES

Les lèvres où péniblement un froid sourire
Vient affleurer parfois sans éclore jamais
Sont les mêmes qu'écarte un brusque éclat de rire
Au sursaut d'un esprit gouailleur et niais.

Telle des lacs très hauts quand la nappe miroite
Aucune ride ne s'éraille au jour vermeil,
Mais du volcan celé sous leur surface étroite
S'ébranle dans la nuit quelque brutal réveil.

Et ces lèvres pourtant au bord précis et mince,
Mieux que celles, hélas ! qu'embaume la douceur,
Dans l'ombre de leur creux comme dans une pince
Inexorablement tiennent captifs les cœurs.

Signes de l'Idéal qui n'aide ni n'embrasse,
Elles sont, par le sceau du silence hautain,
Charmeuses du génie et maîtresses des races,
Et leur ligne hermétique accuse le Destin.

❖❖❖❖

FAREWELL

Le voilà donc fini le court poème
Où s'épandait votre âme à votre insu,
Et dont les mots, l'accent, le soupir même
Charmaient la mienne en un rythme ingénu.

En vain morose ou goguenarde, hostile,
Ceinte à dessein d'orgueil indifférent,
Sur vous toujours posait son aile agile,
Pour un divin repos, mon rêve errant.

8

L'illusion des deux meilleures choses,
Indépendance et solitude, ouvrait
Son réseau bleu piqué d'or et de rose
Sur le chemin de ce bonheur muet...

Plus tard, à l'heure où la sagesse écoute
Les souvenirs frôler les cheveux blancs,
Estompé par les brumes de la route,
Le passé d'hier vous reviendra vivant.

Alors, votre œil si beau, que rien n'endeuille,
Tressaillira d'un plaisir inconnu
En revoyant flotter la pauvre feuille
Du court poème où vous n'avez rien lu.

❖ ❖ ❖ ❖

POURTANT...

Pourtant je vous aimais. — Mon esprit solitaire,
Chercheur inassouvi des plus nobles tourments,
Etait sollicité comme par un aimant
Au gré de votre instinct farouche et volontaire.

De par sa loi tourné vers l'ombre du mystère,
N'ayant pour vos refus muets qu'un franc serment,
Il livrait au beau sphinx la fleur du sentiment,
Heureux de la souffrance exquise et délétère.

Et, pendant qu'une flamme allumée en vos yeux
Y distillait l'azur adorable des cieux,
Il vouait à l'Idole, ultime après tant d'autres

(« Trop » d'autres, disiez-vous souvent, d'un ton marri),
Une foi de novice, une ferveur d'apôtre.
Je vous aimais... Et vous ne l'avez point compris !

❖ ❖ ❖ ❖

SOUVENIR

Ici même, où s'étale, en ces heures moroses,
D'un civique festin l'ennui prétentieux,
Où planent, parmi des reflets d'apothéose,
L'aile de la Patrie et l'ombre des Aïeux,
— En cette salle aux murs lambrissés et splendides,
Qu'imprégnait le voisin parc des senteurs de mai,
La Très-chère, l'Unique, offrant son cœur timide
Assujettit le mien à l'aimer pour jamais.
C'était le jour de la Charité vendangeuse.
Prompte à l'appel, pourtant elle restait songeuse
Rêvant de vivre ou de mourir, nouvelle Yseult,
Non pour l'amour de tous, mais par l'amour d'un seul.
Où le tabac de l'Est que l'ambre gris embaume
Fait aujourd'hui flotter ce nuage énervant
De parfum bleu sournois, l'incomparable arome
Se répandait alors d'un frais bouquet vivant.

C'étaient ses dix-huit ans, pure et tendre merveille,
Qui composaient pour moi ce capiteux bouquet
Où le jasmin suave et la rose vermeille
Rivalisant avec le lilas et l'œillet
Etaient les ingénus interprètes d'une âme.
Et, tel le grain par l'eau lève et par le soleil,
Tel mon esprit sentait en un moite réveil
Craquer sa sève au frôlement de cette flamme
Divin comme un baiser et doux comme un dictame.
Charmeuse dont la voix, vrai philtre aérien,
Eût jadis entraîné les fauves et les pierres,
De son âme perlait à fleur de l'œil câlin
Le sourire infini de la grâce foncière.
Ah, si je parle d'elle, astre pur de mon ciel,
Ma lèvre est une abeille et mon verbe du miel!
Elle blutait, ainsi qu'un ange, la lumière
Par l'iris où des paradis proches s'offraient...
Mon cœur, tu n'as jamais rien senti de plus frais,
Jamais il ne t'émut une plus chère ivresse...
Et c'était Dieu tramant ton linceul de détresse!

❖ ❖ ❖ ❖

L'APPARITION

Je rencontre parfois en allant mon chemin
Un être que saisit la frayeur saugrenue ;
L'ombre d'un rêve mort voile soudain sa vue,
Et sur ses traits raidis la dureté s'empreint.

Close en la forme, tel un joyau dans l'écrin,
Sa substance par nul frisson n'est parcourue ;
Aussi, tout en frôlant, distrait, cette statue,
Je passe outre, le pied franc, le regard serein.

Et cependant ce moule à la splendeur sans vie
Fut celui de ma joie immortelle, infinie,
Et de mon plus subtil et sublime tourment !

C'est la gangue aujourd'hui de la pierre tombale
Dont mon âme a scellé sa passion fatale,
Mais il tient d'elle encor l'éclat du diamant !

❖ ❖ ❖ ❖

« ARS AMANDI »

Quel que ton pays soit, quel que ton sexe et l'âge,
Etre humain à la fois fier et doux, si ton cœur
Souhaite pour ta vie un divin apanage
Et pour ta mort un songe exempt de la douleur,

— Dans l'immense féerie aux muables symboles
Dont Dieu nous éblouit pour ne pas être vu
Si tu peux t'octroyer la figure et le rôle
A ton libre vouloir proposés par ton but —

Ne sois pas l'épervier tournoyant qui s'essore
Pour s'abattre sur la proie ainsi qu'un éclair,
Et dont le bec cruel en la fouillant dévore
Avec une âpre volupté la jeune chair ;

Ni le félin sournois rythmant un ténu souffle
Dans le creux d'un beau sein longuement mitonné,
Dont l'œil décoche des carreaux aigus de soufre
Et l'ongle distrait griffe un bouton nouveau-né ;

Ni le paon ocellé qui pare son plumage
De perles de rosée où ne vibre aucun pleur,
Narcisse de la faune, ivre du seul hommage,
Non du trouble qui lave en la peine l'erreur.

Ne sois pas, au taillis que le chèvre-pieds hante,
Un géant végétal impassible, debout,
Alliant dans le faîte au galbe de l'acanthe
Le fixe éclat armé de la feuille de houx.

Mais, au bord du coteau frais de buissons et d'ombre
Qu'indestructiblement piété sur le granit
Ceint le cristal fluide où le bleu rayon sombre,
Et couve d'un regard rutilant le zénith,

Sois la profonde baie où moule ses plis vagues,
Dès que l'aube amoureuse y point, le cœur ému,
Et vers qui refluera l'élan de cette vague,
Plus tendre chaque fois d'être un peu plus déçu.

INVOCATION

O toi, ma fière Amie invisible et fidèle
Qui sacras mon berceau par un premier baiser
Et pétris le levain de ma trempe charnelle
Avec le saint nectar de ta lèvre épanché ;

Toi qui courbas mon front sur des textes sans nombre
Pour qu'il sût mieux pâlir sur de beaux fronts chéris
Et hissas mon orgueil aux faîtes exempts d'ombre
Pour qu'il connût l'ivresse et l'élan impunis ;

Toi qui respires l'air de ma vie héroïque
— Immense cimetière où ne veille qu'un feu —,
Et qui recueilleras, la dernière, l'unique,
De mon être expirant l'irrécusable aveu :

Muse des bois païens et des sources sonores,
Sois favorable à mon souhait le plus ardent,
Et l'exauce! Pour prix des lointaines aurores
Où notre accord navrait les chiens clabauds hurlant,

De la foi qui me tint lige sous tes enseignes
Dans tous les désarrois tragiques de mes jours, —
Au pays plantureux que deux grands fleuves baignent,
Au franc-alleu du luxe et des jeunes amours,

Cherche, ô Muse, la trace adorable de Celle
Dont le nom seul m'émeut comme un pur hosanna
De bénédiction. Tu la connais, puisqu'elle
N'est que ta forme humaine, et tu l'y trouveras.

Peut-être, d'un talus la sente d'émeraude
Dessine ce beau corps couché tout de son long,
Pendant que l'œil oisif suit la gent porte-blaude
A la ferme amenant le chaume des moissons,

— Ou, dans un beau domaine, un étang solitaire
Au clapotis scandé par les coassements,
Des membres assouplis abrite le mystère,
Et le préserve du cupide assaut des vents.

Peut-être, d'un sonnet de Ronsard évadée
Alors que l'alouette, ivre, paît la splendeur,
L'emporte l'amble d'une blanche haquenée
Aux pâmoisons d'une Brocéliande en fleurs.

Lorsque approche le soir doux, aux tons de jonquille,
Et qu'aux seilles le lait bave comme un sirop,
Peut-être jase-t-elle avec les rudes filles
Qui fleurent la lavande et l'âcre odeur des brocs.

O Muse des rayons, des bois et des fontaines,
Souris propice et tendre à chacun de ses jours ;
Evoque la beauté classique sur la scène
Qu'ennoblit le touchant rythme de ses contours ;

Mire-toi dans le bleu divin de sa prunelle,
Enchante d'un reflet les songes de ses nuits,
Et de sa chère tête ineffablement belle
Ecarte à jamais l'ombre affreuse de l'ennui !

CHANSON FLOUE

Quand affable une moue effleure
sa lèvre, annonçant le réveil,
soyez l'Amour féal qui veille,
délicat comme sa pâleur.

Quand, espiègle, au bois elle joue,
ses caprices, adorez-les ;
chante-t-elle, au loin, dans la laie,
avec sa voix d'or pâmez-vous.

Si l'instinct naïf se déclare
flattant au miroir sa beauté,
donnez-lui pour type une Idée
au ciel platonique de l'Art.

Si la fleur de son goût s'effeuille
pour un rêve paradoxal,
sur la tendresse qu'elle exhale
cintrez le dais de son orgueil.

Et, si la puberté l'avère
franche néophyte d'Eros,
prosternez-vous à l'aube rose
de ses mignons penchants pervers.

Que soit un foyer d'étincelles
son œil, bluet parmi les lis !
Le froisserait-on par malice,
qu'il soit pansé par tout le ciel !

Loin d'elle la ronce et l'ortie !
Son chemin, jonchez-le de fleurs !
Et, si l'on vous dit qu'elle pleure...
ah ! non : il faut qu'on ait menti !

MON SECRET

« La perle impérissable où dort le souvenir »
Pierre Louys.

Mon secret intangible, hermétique et fatal,
Mon secret merveilleux, immuable délice !
a l'ombre de la nuit où la fleur se déplisse,
il a de l'ostensoir l'éclat paradoxal.

Chaud comme le désir, beau comme l'Idéal,
il a le velouté d'un duvet de calice
et l'arome opulent des juteuses prémices
que fructidor mûrit sous le ciel estival.

Il s'y mêle une plainte étouffée ; il s'y dresse
tremblant la tige d'une invincible tendresse ;
sous une vierge haleine il tressaille d'émoi —

tout en gardant par sa fixité solennelle
de tête de Méduse à l'obsédant effroi
le calme indifférent des choses éternelles.

❖❖❖❖

SCEAU

Non ! Jalouse jadis des heures qui m'ont fui,
tu ne me verras point envieux de celui,
quel qu'il soit, que tu vas choisir, demain peut-être,
selon toi pour vassal et, malgré toi, pour maître.
Sentant ce corps de vierge en ses bras défaillir,
il ne doutera pas qu'il ne t'ait tout entière ;
mais l'étonnement seul fait le prix du désir,
et ton âme est déjà quelque peu minaudière...
Il aura ton amour vrai pour garant du sien,
et, te rendant heureuse, il ne songera point
qu'un seul trésor nous est livré par la caresse :
la fleur même de notre incomprise tendresse...

Tout cela qu'est-ce donc auprès des jours divins
— Passé qu'hier à peine a scellé le Destin —
où, sans baisers d'amour, sans étreintes ni fièvre,
ton intime fluide affleurait à ta lèvre
s'épanchant comme d'un vase déborde l'eau,
avec un bruit imperceptible de sanglot?
lorsque, ébloui, ton être exhalait son essence,
et que je le sentais, invisible présence,
par un contact réel à mon être ravi
se révéler soudain?
                                        Ah! — j'en atteste ici,
bien haut, la volonté de Dieu contre la tienne — :
le rayon le plus frais de ta splendeur hautaine,
le meilleur de ton âme et son parfum secret,
enfant, c'est moi, moi seul, qui les garde : à jamais!

❖ ❖ ❖ ❖

ANTIENNE

Dieu, vous m'avez frappé. Mais sur ma tête grise
il vous plut de répandre un baume sans pareil
de l'amphore la plus belle et la plus exquise
que vos doigts aient daigné pétrir sous le soleil.

Dieu, vous m'avez frappé. Mais, dans votre clémence,
vous me fîtes subir le pire châtiment
en brisant sous le poids de la reconnaissance
l'élan toujours nouveau de mon cœur impuissant.

Dieu, vous m'avez frappé. Mais dans une heure unique,
après avoir éteint en moi jusqu'au regret,
vous m'attirâtes, comme en un récit biblique,
vers le buisson ardent où votre voix vibrait.

Oui, vous m'avez frappé, ô Dieu ! Mais votre face
m'éblouit un instant de l'éclat d'un rayon,
et désormais mon âme est en l'état de grâce,
mon murmure n'est plus que bénédiction.

❖ ❖ ❖ ❖

JE VOUS DEVRAIS...

Je vous devrais les vers de toute ma jeunesse
Au gré du vent perfide essaimés d'un cœur gai,
Je vous devrais l'élan de toute ma tendresse,
Hélas ! pour de beaux corps sans âme prodigué.

Car vous brillâtes seule au zénith de mon Rêve,
Fixe étoile du firmament intérieur,
Depuis qu'au faîte obscur de ma carrière brève
Un instant a relui cet œil tendre et rieur.

Votre divine enfance éblouissait l'Aurore !
Les Grâces sur vos pas accouraient admirer...
Si j'égalais Pétrarque, oh ! vous seriez ma Laure,
Celle qu'on idolâtre et qu'on n'ose espérer.

Mieux qu'un aveu tardif dont ricane l'Envie,
Vous auriez cette gloire où nulle dent ne mord,
Si, pour prix d'un rayon qui féconda ma vie,
Je pouvais en un chant vous sauver de la Mort !

❖❖❖❖

TABLE DES MATIÈRES :

PREMIERE PARTIE

DEUXIEME PARTIE

TROISIEME PARTIE

❖ ❖ ❖ ❖

ACHEVÉ D'IMPRIMER
POUR
LA RENAISSANCE D'OCCIDENT
LE 30 NOVEMBRE 1929
PAR
L'IMPRIMERIE DU CENTRE
A ANVERS

EXTRAIT DE NOTRE CATALOGUE

GEORGES EEKHOUD :

Le Terroir Incarné ... ... 50,—

MICHEL DE GHELDERODE :

Théâtre : I : Oude Piet & La Passion de N. S. Jésus-Christ .. .. Fr. 15,—

Théâtre : II : avec Préface de M. Gauchez : Escurial et la Transfiguration dans le Cirque ... ... 15,—

Théâtre : III : Don Juan et Christophe Colomb ... 15,—

Kwiebe-Kwiebus ... ... 15,—

Histoire Comique de Keizer Karel ... ... 20,—

PAUL DE MONT :

Le Yacht Utopie ... ... 50,—

CAMILLE POUPEYE :

Dramaturges Exotiques (2e série) ... ... 32,—

GASTON-DENYS PERIER :

Des Contes ce sont les autres ... ... 14,—

Pour lire à l'Aubette .. .. 10,—

FRANZ STEURS .

Etapes, avec préface de M Gauchez ... ... 10,—

Les Délivrés ... ... 15,—

JOSEPH DE SMET :

Thomas Kyd ... ... 50,—

MAURICE GAUCHEZ :

L'Hymne à la Vie ... ... 100,—

Les Rafales et Ainsi chantait Thyl ... ... 50,—

Histoire des Lettres françaises de Belgique (couronné par l'Académie française et par l'Académie Royale de Belgique ... ... 30,—

Romantiques d'Aujourd'hui ... ... 15,—

A la Recherche d'une Personnalité ... ... 25,—

Le Réformateur d'Anvers ... ... 50,—

MARIE GEVERS :

Ceux qui reviennent ... ... 20,—

YVONNE HERMAN-GILSON :

Le Buis mouillé ... ... 6,—

De Sauge, de Rose et de Bruyère ... ... 6,—

www.ingramcontent.com/pod-product-compliance
Lightning Source LLC
LaVergne TN
LVHW020318230826
846091LV00003B/718

* 9 7 8 2 3 2 9 0 8 9 7 3 7 *